AF370007

VENTE DU VENDREDI 4 MAI 1888

HOTEL DROUOT, SALLE N° 9

A deux heures.

TABLEAUX

ANCIENS ET MODERNES

Arrivant de l'Etranger

EXPOSITION PUBLIQUE

LE JEUDI 3 MAI 1888

De une heure à cinq heures.

COMMISSAIRE-PRISEUR	EXPERT
Me Paül CHEVALLIER	**M. Eug. FÉRAL, peintre**
10, rue de la Grange-Batelière.	54, rue du Faubourg-Montmartre.

IMPRIMERIE D. DUMOULIN & Cⁱ⁶
Rue des Grands-Augustins, 5, Paris.

CATALOGUE

DE

TABLEAUX

ANCIENS ET MODERNES

ARRIVANT DE L'ÉTRANGER

IMPORTANTE COMPOSITION SUJET DE CHASSE

PAR

PAUL DE VOS

BELLES PEINTURES RELIGIEUSES

des Écoles Italienne et Espagnole

BEAUX PORTRAITS ANCIENS

Le tout dépendant de la collection de Madame la duchesse de M.

DONT LA VENTE AURA LIEU

HOTEL DROUOT, SALLE N° 9

Le Vendredi 4 Mai 1888, à 2 heures.

COMMISSAIRE-PRISEUR	EXPERT
Mᵉ Paul CHEVALLIER	M. E. FÉRAL, peintre,
10, rue de la Grange-Batelière, 10	54, faubourg Montmartre, 54

Chez lesquels se trouve le présent Catalogue.

EXPOSITION PUBLIQUE : Le Jeudi 3 Mai 1888.
De une heure à cinq heures.

CONDITIONS DE LA VENTE

La vente sera faite au comptant.

Les acquéreurs payeront cinq pour cent en sus des enchères.

DÉSIGNATION

TABLEAUX

APPIAN

1 — *Cours d'eau sous bois.*

BACKHUYSEN (genre de)

2 — *Mer houleuse.*

BÉLIN (attribué à JEAN)

3 — *Portrait d'homme tenant un compas.*
Très beau portrait

BONAVENTURE (PÉTERS)

4 — *Marine avec bateaux à voiles.*

CARELLI

5 — *Portrait d'homme.*

CASTIGLIONE (Benedetto)

6 — *Bergers et animaux en marche.*

CHIERICI (A.)

7 — *Le Christ chassant les vendeurs du Temple.*

CIMABUE (genre de)

8 — *Le couronnement de la Vierge.*

DE VOS (Paul)

9 — *Chasse au cerf.*

Très beau et important tableau du maître.

FERRANT (Alexandre)

10 — *Campement de troupes.*

FERRANT (Alexandre)

11 — *Un pèlerin.*

FERRANT (Luis)

12 — *Intérieur de cloître.*

FERRANT (Luis)

13 — *Le Tasse en prison.*

FERRANT (Fernand)

14 — *Troupeau de buffles dans la campagne de Rome.*

FERRANT (Fernand)

15 — *Les cascades de Tivoli.*

FIERROS (Dioniso)

16 — *Tête de jeune femme.*

FIERROS (Dioniso)

17 — *Tête d'homme*

GALVEZ (Juan)

18 — *Une bataille.*

GALVEZ (Juan)

19 — *L'attaque d'un village.*

GELDORP (Gartzius)

20 — *Portrait de jeune femme.*

GIORDANO (Lucas)

21 — *Sujet religieux.*

GUTIERREZ (José)

22 — *Une vision.*

GUTIERREZ (José)

23 — *La Vierge et l'Enfant Jésus.*

HALEN (Van)

24 — *Animaux au repos.*

HATZENSTEIN (Louis)

25 — *La correspondance.*

KEYSER (attribué à DE)

26 — *Famille hollandaise.*

MELENDEZ (Luis)

27 — *Portrait de l'artiste.*

Très bon portrait signé et daté 1746

MOLENAER (attribué à)

28 — *Les marchands de poissons.*

MORO (Antonio)

29 — *Portrait de jeune dame richement vêtue.*
Très bon portrait

MURILLO (École de)

30 — *Le Christ au roseau.*

MURILLO (École de)

31 — *Le rêve d'une sainte.*

MURILLO (École de)

32 — *Moine en extase.*

PALIZZI (Ph.)

33 — *Femme descendant un escalier.*

PALIZZI (Ph.)

34 — *La gardeuse de chèvres.*

PALIZZI (Ph.)

35 — *Petit berger et son chien.*

PALIZZI (Ph.)

36 — *Vaches au repos.*

PALIZZI (F.)

37 — *Chien rapportant un lièvre.*

PALIZZI (Ph.)

38 — *Vache au pâturage.*

PALIZZI (Ph.)

39 — *Vaches à l'étable.*

PALIZZI

40 — *Tête de lion.*

PALIZZI

41 — *Tête de taureau.*

PARERA

42 — *Portrait de Rossini.*
Pastel

PARERA

43 — *Portrait de Meyerbeer.*
Pastel.

PARRA (Alio)
(DEUX PENDANTS)

44 — *Fleurs et corbeilles.*

PEREZ (Ruviant)

45 — *Philippe IV recevant un ambassadeur.*

PEREZ (R.)

46 — *Le jeu de cache-cache.*

PERGOLA

47 — *Port de mer.*

PIZARRO (CECILIO)

48 — *Intérieur espagnol.*

RECCO (GIOS)

49 — *Fleurs et objets divers, sur une table.*

RIBERA (attribué à J. DE)

50 — *Une sainte en prière.*

RODRIGUEZ

51 — *Artiste dans son atelier.*

SOLIMÈNE

52 — *Portrait de femme tenant un éventail.*

TÉGÉO

53 — *Saint Joseph et l'Enfant Jésus.*

TÉGÉO

54 — *Le Christ au roseau.*

TÉGÉO

55 — *Portrait d'un ecclésiastique.*

VÉLASQUEZ (genre de)

56 — *Attaque de cavaliers.*

VÉRÉ (Dᴀ)

57 — *Marine.*

VERSLOES

58 — *Grappe de raisin.*

VERTUNAI

59 — *Paysage et rochers.*

VIVÈS-RAMON

60 — *Les petits Mendiants.*

WOUVERMAN (d'après Ph.)

61 — *Chevaux et villageois.*

ÉCOLE ESPAGNOLE

62 — *Bacchus.*

ÉCOLE ESPAGNOLE

63 — *L'Assomption de la Vierge.*

ÉCOLE ESPAGNOLE

64 — *Martyre d'un saint.*

ÉCOLE ESPAGNOLE

65 — *L'Évanouissement d'un saint.*

ÉCOLE ESPAGNOLE

66 — *Les Joueurs de cartes.*

ÉCOLE ESPAGNOLE

67 — *L'Atelier d'un sculpteur.*

ÉCOLE ESPAGNOLE

68 — *Portrait de jeune dame.*

ÉCOLE ESPAGNOLE

69 — *Portrait de femme.*

ÉCOLE ESPAGNOLE

70 — *Portrait d'un officier.*

ÉCOLE ESPAGNOLE

71 — *Bataille entre cavaliers.*

ÉCOLE ESPAGNOLE

72 — *Maisons espagnoles.*

ÉCOLE ESPAGNOLE

73 — *Fruits et légumes.*

ÉCOLE ITALIENNE

74 — *Saint Michel terrassant le démon.*

ÉCOLE ITALIENNE

75 — *La Vierge tenant dans ses bras l'Enfant Jésus.*

ÉCOLE ITALIENNE

76 — *Le Christ et sainte Véronique.*

ÉCOLE ITALIENNE

77 — *Le Christ descendu de la croix et entouré des saintes femmes.*
Belle et importante composition.

ÉCOLE ITALIENNE

78 — *Le Martyre d'un saint.*

ÉCOLE FLORENTINE

79 — *Portrait de jeune fille en sainte Cécile.*

INCONNUS

80 - *La Vierge et l'Enfant Jésus.*

81 — *La Vierge montant au ciel.*

82 — *Un ange et deux saints personnages.*

83 — *Intérieur d'église.*

84 — *Anachorète en prière.*

85 — *Un seigneur touchant de l'orgue.*

86 — *Portrait d'un peintre.*

87 — *Tête d'homme.*

88 — *Une perdrix.*

89 — *Tête de chien.*

90 — *Paysage avec rochers et chute d'eau.*

91 — *Paysage avec pont de pierre.*

92 — *Troupes faisant la manœuvre.*

MONOGRAMME L. M.

93 — *Figues dans un plat, pain, etc., sur une
table.*

www.ingramcontent.com/pod-product-compliance
Lightning Source LLC
LaVergne TN
LVHW021901180726
843502LV00008B/2816